「每個人都會死,來看電視吧!」
　　——《瑞克與莫蒂》

想死的愚人

The Fool Obsessed with Death

孫得欽

010
導讀序｜
在死與活的夾縫裡，我們都是愚人　　馬千惠

——愚人・故事——
020
愚人的花園

066
想死的愚人

134
愚人散步

164
後記｜**愚人的活著**

導讀序

在死與活的夾縫裡,我們都是愚人

「想死」,
就像戀愛的心情一般
踮著腳尖到來了

就像細雨一般
潤物無聲地到來了
　　——孫得欽《想死的愚人》

導讀序：在死與活的夾縫裡，我們都是愚人

小時候學塔羅牌，0號牌是愚人。那時抽牌總不解：為何是愚人？看起來聽起來都不是個讓人愉悅的角色，畢竟這世界，誰想當愚笨的那一個？可到現在，人過四十，身邊的疾病與死亡像土壤累積，聽到誰生病而誰又在應當壯碩豐美的時期離開。死神的鐮刀不問老少男女，也不看壯志未酬，一下揮來，無人可擋。

也是到了四十歲，憂鬱再也不像一條黑狗，而是個不太友善的朋友，出現時總伴隨陰影。年輕時關於愛與明亮的那些事情，到了這個時間點，如同得欽筆下的愚人，想死的念頭顯得那麼溫柔旖旎。

念研究所時，得欽是學長。那時都知道二年級有寫詩寫得非常好的學長，但當時的我不懂詩，只知道詩句高貴。可是年輕時的自己，越是那些高不可攀

11

的事物,越是膽怯。我一邊讀詩,一邊想詩是什麼。至今我仍讀詩,仍在想詩是什麼,只是隨時間過去,好像逐漸靠近一點點,卻仍然不懂。

但我喜歡這次讀到的這本書。

像是童話,也像詩,像繪本,也像口傳的故事。也許詩人從來甚麼都是,畢竟世界上最早的史詩既是報導文學也是神話,成就了偉大悲劇的出現。也許詩人什麼也都不是,他們只是將遠方的故事帶回來,如水一般,流過一個村莊一個地方,語言是他們的刀筆,在人心裡留下刻痕。

有段時間努力想理解詩是甚麼,但都撲了個徒勞,詩從來甚麼都「是」,高高在上的睥睨所有文類。沒有

{導讀序：在死與活的夾縫裡，我們都是愚人

一個文類這麼靠近語言的本質，也許這便是詩高貴之處。可是作為一個普通讀者，一開始在這個過程裡打轉，轉到最後只能繼續讀。讀詩也許也像愚人一樣，一邊痛恨著，一邊愛著。像這本書裡的愚人想死，但惡魔愚人不許他死。惡魔愚人的出現像個嘲笑，帶點愉悅，有點開心。哎呀哎呀，幹嘛呢要烤肉也不找我呢？讀到愚人想方設法的去死，而惡魔愚人快樂的破壞，那瞬間生死與成功失敗的倒轉，那麼有趣而輕快。

如果討論這本書，彷彿又與塔羅牌緊密相關。那些關於成為一個人的追尋（愚人），與那些對於慾望的渴望（惡魔），我以為一個是生的旅程，而一個是死的控制。但相反過來，不也說得通嗎？帶點戲謔的惡意，生活有時宛如嘲笑一樣：想死嗎？那就破壞你，叫你好好的活著。

（而壁虎那段，誰會忘記研究所時真的有一位學長很怕壁虎呢？看著看著幾乎笑出聲來。）

（那瞬間，我感覺我帶上了惡魔愚人的面具，帶點惡意與嘲弄的……）

然而想死是什麼呢？活，又該怎麼活？

我們都來到四十歲，照理來說應該要成熟，卻好像還很年輕，二十歲的時日還不遠，眼前已經是五十、六十歲大關，死亡本來就不遠，現在更近了一些。愚人，我想與其說想死，不如說更是想活吧。只是活著該怎麼活，如聰明愚人所說的那般。如今現代人，誰不聰明呢？誰沒有一點心理諮商的經驗？誰又沒找過算命師？死這個經驗太大，從未有一人歸返來敘述死亡的彼岸到底長甚麼樣子。讀著讀著，我感覺自己是那個想死的愚人，在追尋死的旅程裡活著，思考著何謂死，而甚麼又是生活的滋味。

導讀序：在死與活的縫裡,我們都是愚人

原來成熟的想死是這樣的
原來成熟的活著是這樣的

我不禁又帶上了惡魔愚人的面具,想著:也許這是詩人的潛台詞。

只是誰知道呢?

所以,隨著書頁,我與愚人並肩,開始漫長的散步。
讓我們從詩的討論中離開一下,來說一下漫畫。

看過《致不滅的你》嗎?那是一個未知生命,從祂自遠古誕生起,經過一段段生命歷程,總是一次次

相遇,又一遍遍分離。這本書讓我想起這部漫畫,也讓我想到我們身體裡那不滅的靈魂。也許我們都該相信轉世,相信靈魂不滅。因為這樣所有吃過的苦,在過去在未來,都有了意義。因為你必經疼痛,而下一世轉化為甜美。也許因為這樣的旅程,物質世界裡那些悲哀的傷害,都有了救贖。與其說是在讀詩,不如說在觀看一場靈魂的旅行,或是某個悠長祈禱中的禱詞,在那流轉的畫面中,牽引前往向一次一次的轉世裡。

至今我仍不明白詩是什麼,但仍喜歡讀,喜歡詩人們運用語言的方式,喜歡那近乎神話般的敘述。我好奇愚人接下來會走去哪裡,他仍會想死嗎?他仍會散步嗎?他會往回看嗎?在所有的轉世中,他將去哪一世?

導讀序：在死與活的縫裡，我們都是愚人

最幸運的工作莫過於此了吧，創造出一個世界，引人無法自拔。像愚人花園裡盛開的花朵一樣，每一樣事物都可以成為花朵。但不幸可能也源於此，因為自己也深陷其中。如想死的愚人、惡魔愚人與聰明愚人的三位一體，凡事皆是，凡事皆否。詩是這樣，創作亦然。

期待得欽未來的詩作。

馬千惠

> 台灣埔里人，自由工作者，寫字調油調香占卜維生。喜歡讀書看星星，與愛人同處一室一言不發且長長久久待下去。

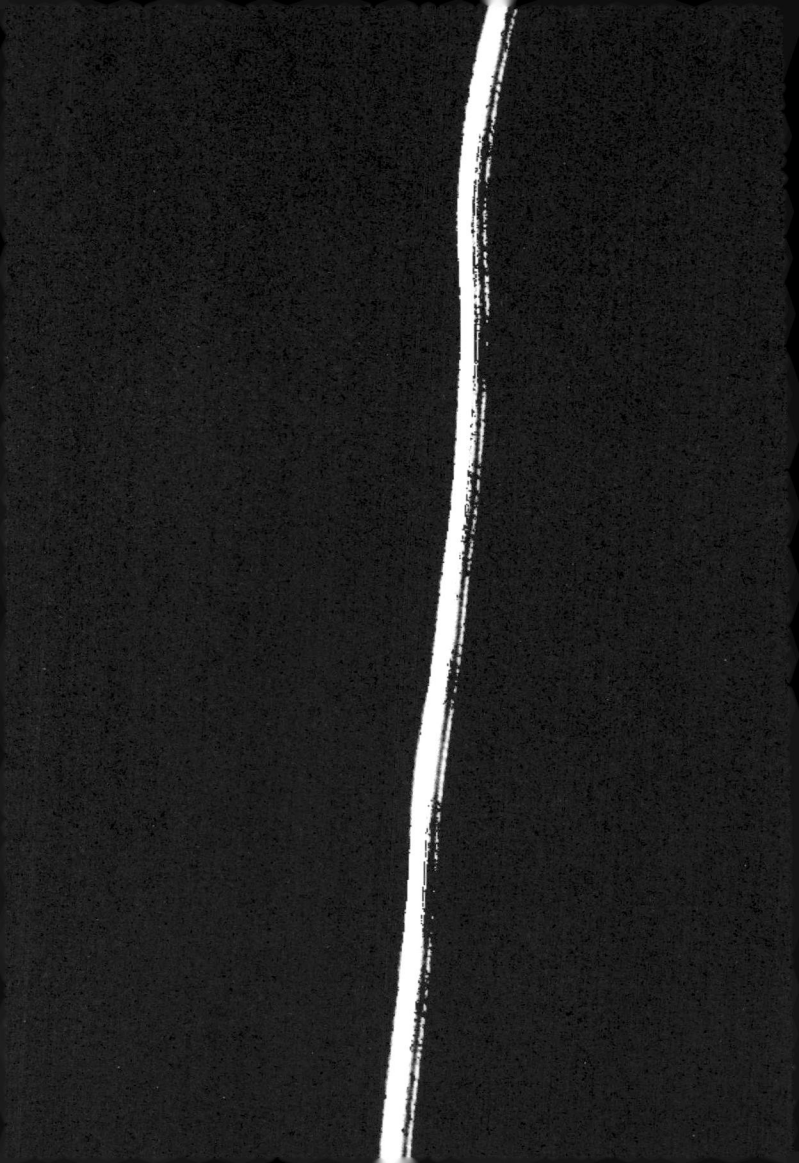

愚人的花園

1

愚人在花園裡種花。

他灑完種子
覺得不太過癮

愚人的花園

他許了一個願
把願望種成花

他想起一張臉
把喜悅種成花

他把時間種成花

他把一首歌種成花

他把恐懼種成花

他把痛苦的回憶種成花

他發現什麼都可以種成花

於是他把別人的夢

也種成了花

2

花園裡今天綻放的
是救贖之花

愚人突然有了靈感。

愚人踏上旅程
開始發表智慧的話語

愚人在街上講
愚人在樹下講

講給空氣聽
講給本土的鳥和
外來的鳥聽
講給風中的灰塵聽

然後
講給一兩個人聽

愚人到小小的教室裡講
愚人到漂亮的房子裡講

人們排著隊來聽他講
　有些人的 T 恤上
　　印著愚人的照片

擠不下了
就到大禮堂講
擠不下了
就到小巨蛋講

有人問他
這些智慧的話語
是哪裡來的?
他的回答是
別人說什麼
我就說什麼。

{ 愚人的花園 }

世界上還有更多人想聽
愚人就到 YouTube 去講

但人們覺得不夠
人們想要更多

人們送上禮拜
他就接受禮拜
人們送上眼淚
他就接受眼淚
人們送上錢財
他就接受錢財
人們送上身體
他就接受身體

人們幫他攻擊
不同意他的人
人們幫他留住
想要逃走的人

他都點點頭。

他的身體變得越來越大

但人們沒有得到更多

人們對他的愛反而越來越大
大得像隻怪物
需要的食物越來越多

愚人還是說著一樣的話語
沒有給得更多
也沒有給得更少
只是身體越來越大
大得像一座山

【愚人的花園】

人們越來越急

靠得越來越近

把愚人團團圍住

直到第一個人真的動手了

其他人也興奮起來

一擁而上

愚人很軟

輕輕一捏

就能捏下一小塊。

他們把愚人
的身體撕成碎片
卻發現愚人裡面
什麼也沒有
他只是一層薄薄的東西
碎了,就像花瓣一樣飄下來

3

花園裡今天綻放的
是正義之花

愚人踏上旅程

愚人要去殺掉吃人的怪物

怪物的住址
大家都知道
只是沒人去過
就算有
也沒人回來

他按了電鈴
大門開了

你是誰?找我幹麼?想死嗎?

怪物低頭修著指甲
看也沒看他一眼。

我不知道我是誰,但我是來幫你按摩的

怪物沒有意見

溫順地趴下

{ 愚人的花園

愚人把手放在牠巨大的身體
一按下去
像掉進一個大洞
感覺被無限包容
絨絨的毛
在手臂上搔癢

他按到哪裡
自己身上對應的地方就有感應
按到後來
倒像是自己被軟化了肌肉
鬆開了骨節

{ 愚人的花園

他在肌理與筋膜間穿行
身體裡傳來颯颯風聲
在黝暗的森林裡
每一陣風都像呼嚎
來自那些被牠吃掉的人
愚人越跑越快
終至拔足狂奔

他闖進林間一片空曠的草地

陽光暖暖灑下來

風微微吹

地上躺了許多人

他們沒有在嚎叫

閉著眼睛

臉上都是舒服的表情

愚人精疲力盡

也躺下來

{愚人的花園}

醒來的時候
怪物正在砧板上切菜
手裡的刀
是愚人包袱裡的那把

愚人好久沒睡過這麼好的覺了
身體又酥又暖,又充滿韌性
像一塊被徹底揉過的麵團

怪物問

你是誰

現在知道了嗎？

愚人說

我不想死

可是，我是你的糧食。

4

愚人也曾想過要復仇

愚人也曾想過
要獲取世上所有的知識

愚人想即時說出
比別人更俏皮的話

愚人
想改變世界上所有的事

愚人要出門
大幹一場

愚人走出家門
先到花園來看花

今天綻放的是
懶惰之花

愚人摘下花
高高興興地回家躺平了。

5

愚人在挑選服裝
準備踏上旅程
他做足了計畫
查明了資料
在地圖上
畫了密密麻麻的線條
轉乘的時間地點
也安排得天衣無縫
誰也不能說他沒做功課

現在只剩服裝了
愚人想慎重一點
穿上西裝,打上領帶
在鏡子前看得滿意了
才拿起枴杖
踏上旅程

今天的花園
沒開任何花
愚人望向天空
滿心期待
一大步踏出去
就掉下了懸崖

{愚人的花園

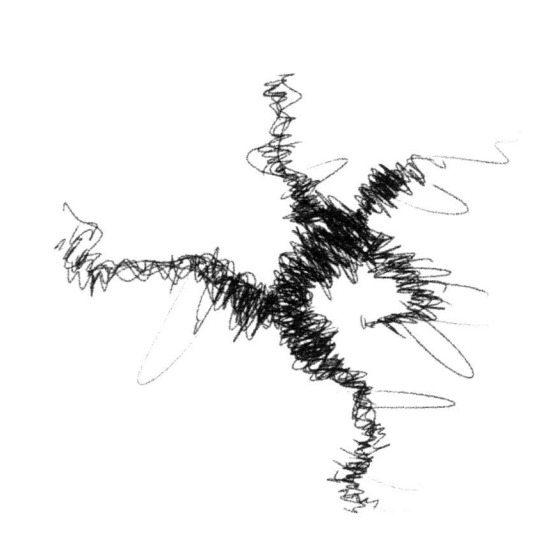

恋死的愚人

愚人驚慌失措
胡亂揮舞著手
想要像卡通一樣
湊巧抓住崖邊伸出的樹枝

但沒有樹枝

他只是不停地掉下去

從白天掉到黑夜

從黑夜掉到白天

{愚人的花園

鳥經過他
他向鳥求救
天使經過他
他向天使求救
惡魔經過他
他向惡魔求救

他們都只是搖搖頭
說：沒事，
專心看路。

路？哪來的路
他繼續手舞足蹈
但沒有抓到任何東西
又經過幾個日夜
他才認識到
這只是無謂的掙扎
甚至也沒讓他
學會什麼
說到學會什麼
既然是在空中
他試著摸索
空中旋轉三圈半的技巧
但即使有那麼長的時間
可以待在空中
事情沒有變得比較容易
事實上
根本沒有地方施力

{愚人的花園}

他觀察身體的肌肉
學習用力的方法
再學習放鬆的方法
研究身體的重心
讓自己改變姿勢
也不會失去平衡
從緩慢的動作
漸漸加快速度
再打磨掉不必要的力氣
讓旋轉更輕鬆、流暢

他想起他們說的路

他看見了

路一直都在那裡

只是他從來沒有專注過

看見,他就已經在路上

咻
斷崖消失了
計畫消失了
地圖消失了
回歸常軌的渴望消失了
對安全的癮頭消失了
它們會短暫地出現
但只要專心看路
又會一一消失

危險的不是高度

而是限制

限制是安全索

但用這種速度墜落時

任何一點限制都能讓你

粉身碎骨

{愚人的花園

沒有底的墜落
是最安全的路
愚人的飛翔
才剛剛開始

「我在的時候死亡不在,死亡在的時候我已不在。」
——伊比鳩魯

想死的愚人

1

來了

愚人認得牠的腳步
牠的心跳
牠的每一口呼吸

{ 想死的愚人

認得牠來臨前夕
空氣中細微的電波
地底深處
也傳來特殊的震動

來了

愚人的腿開始顫抖
呼吸亂了節奏
心,不規律地狂跳,並且
即將
死寂

{ 想死的人愚

來了
來了

「想死」，
就像戀愛的心情一般
踮著腳尖到來了

就像細雨一般
潤物無聲地到來了

從身體深處
擴散到體表
細胞一個一個
失去交換氧氣的能力

太熟悉了,熟悉到
愚人幾乎想笑
又是
你啊
又是這些
早就看膩的
老把戲

{ 想死的愚人

但笑不出來。

因為太陌生了
陌生到像被外星人的尖端
量子武器攻擊

每一次都不可想像
身體和心
能被開發出
這樣的崩潰

{ 想死的愚人 }

站著太費力
只能原地坐下
坐著也快要瘋掉
必須躺下

躺著還不夠
就滾到地上
把臉貼著冰涼的地板
即使如此
還是止不住
想把自己
深深壓入地底的衝動

身體裡像有蟲鑽動

胸口空虛到

想要有人一直踩在上面

無論如何都不要下來

{ 想死的愚人

「想死」是時間的領主
愚人只是一個恍神
天色就快轉到黃昏
晚上睜大眼睛
盯著天花板
又像是永遠不會天亮

事實上
愚人不知道自己什麼時候閉上眼睛的
只知道
睜開眼睛時
「想死」已經像株小草
從他胸口冒出芽來

2

愚人曾經上山
學習生命的智慧
巫師教他認出宇宙
銘刻在萬物間的訊息

愚人曾經下海
學習生命的智慧
勇士教他認識海洋
如何孕育，又吞沒
無數的影子，而我們也將回歸其中

{ 想死的愚人

愚人曾在街上乞討
學習生命的智慧
大隱於市的仙人
教他打扮成愚人的樣子
邋遢、暴露、奇裝異服
獨自在人多的大街行走
直到他不再需要遷就他人的眼光
維持自我的形象

愚人聽過什麼是
「最好的安排」
愚人知道什麼是
「『我』並不存在」
甚至知道
「當下即是」

{ 想死的人愚

可是為什麼
我還是好想——

是最近的早餐出了什麼問題嗎?
是上次爭吵的某句話又在腦海無限重播嗎?
還是只是因為錢包空蕩蕩?

愚人問河流
河流只是沉默

愚人問太陽
太陽只是沉默

愚人問萬物
萬物的沉默如歌

{ 想死的人 / 愚人 }

什麼時候

胸口的小植物

已經長得亭亭玉立

愚人把它連根拔起

種在院子裡

某天
窗外有人大聲說
「好漂亮的花哦!嘎嘎」
是隔壁的惡魔愚人經過
這傢伙,老是往別人家
探頭探腦

{想死的愚人

愚人打開窗
瞬間忘了煩人的惡魔
那朵花
光澤像水晶
在陽光下一直變幻著色彩

3

光是知道沒有用
人生最忌空想
愚人決定腳踏實地
行動起來

愚人翻箱倒櫃
找出一條夠長的繩子
長度，要長得用在哪裡
都可以

{ 想死的愚人

接下來
要有一個牢固的地方
但他在屋裡上上下下
找不到一個支點
可以支撐自己的重量

還是用院子裡的大樹吧
戶外的話
白天就不太方便

連月亮都黯淡無光的午夜
愚人把他研究好的繩結綁在樹上
為了減少繩子與皮膚摩擦的不適
他甚至為繩圈的部分
包上一層柔軟的皮革

他想試試是否牢固
兩手抓著繩子在樹下盪來盪去
對於自己的勞動成果
愚人相當滿意
一隻烏鴉也隨著他擺盪的身體
在旁邊飛來飛去

{ 想死的愚人

正要把頭穿過這安心可靠
又注重舒適的繩圈時
烏鴉在空中翻滾三圈半
現出了惡魔愚人的原形

原來是要做盪鞦韆啊
我來幫你！嘎嘎

惡魔愚人不是說說而已
兩三下就把繩子重綁成鞦韆
裹了皮革的繩圈
改造成座位
還從身上拔了幾根黑色羽毛裝飾

{ 想死的愚人

雖然不是要做盪鞦韆
愚人也只能尷尬而
不失禮貌地盪了起來
空氣摩擦過皮膚很舒服
月亮也從雲層間探頭出來
除了座位有點難坐
院子裡有個盪鞦韆
老實說,還真不錯

但是愚人的決心
絲毫沒有動搖！

{想死的愚人}

他從賣場買了木炭
把房間的門縫、窗縫
都牢牢貼好
把一盆黑炭燒得白裡透紅
用最舒服的姿勢躺在床上
愚人準備好了。

扣扣扣!扣扣扣!

{ 想死的愚人

人還沒昏迷
就響起急促的敲門聲
愚人只好翻下床
又把剛貼好的膠帶一一撕下

「居然自己偷偷烤肉!」
只見惡魔愚人滿臉期待
已經捧著一大盒肉片站在門口

愚人繼續努力

愚人從屋頂一躍而下
也被飛過身邊的惡魔愚人抓去兜風
惡魔把他拋上拋下
讓他這輩子再也不想從空中墜落

{ 想死的愚人

愚人透過線上課程
學習咒術
要在凌晨十二點
對著鏡子裡的自己
唸誦最邪惡的死亡詛咒
讓自己被黑暗吞噬殆盡

咒術很成功
但毫不意外
鏡子爬出來的
又是惡魔愚人

不是有人說嗎?
誰都可以看到天堂
只要準備一池
舒服的熱水

愚人放好一缸熱水和刀子
打算在越染越深的紅色裡
邊泡澡邊失去意識
太爽了吧?怎麼現在才想到?

{ 想死的愚人 }

扣扣扣!扣扣扣!
扣扣扣!扣扣扣!

愚人剛剛踩進水裡
　人都還沒躺好
　本來不想理他
　但實在太吵
這寧靜又和諧的時刻已經被徹底破壞

「幹嘛!我在泡澡!」
「快來幫我抓壁虎嗚」
惡魔愚人的聲音顫抖

太荒謬了,太荒謬了
愚人拖著濕漉漉的身體去開門
只見惡魔愚人的身體好像縮小了一號
戰戰兢兢
用手往他家的方向指了指

愚人進了隔壁的房子
惡魔愚人指指深處的房間
就迅速關上大門,
把愚人單獨留在裡面

{ 想死的愚人 }

屋裡只有昏紅的燈光
四處點著黑色、白色的蠟燭
安靜得像一艘深海潛艇

愚人小心翼翼
避開那些鐮刀、頭骨、
刑具、羊頭、五芒星布簾
終於看到牠
跟小指頭差不多大
像個橡膠玩具

想拿個盒子先蓋住牠
但身邊沒看到能用的盒子
又不想移開視線
愚人緩緩接近
猛然用手直接蓋上去
沒抓到
壁虎衝刺了一段
又停下來

{ 想死的愚人

愚人心想
牠跟我一樣緊張

愚人把所有的專注都放在壁虎身上
放棄速度,以整個人的存在
極慢地接近,專注到幾乎分不出
我跟牠的界線,才用三根指頭
輕輕把牠捏起來

愚人沒有抓過壁虎
皮膚滑滑的，身體非常軟
觸感很陌生，揮舞著小腳快速扭動著
對於這樣小的身體
能承受多大力量
愚人毫無概念
又生怕牠滑掉
牠半透明的皮膚底下
似乎可以看到各種內臟的顏色
愚人突然發現是自己捏得太緊
小心地鬆開，放進掌心握著
感覺手裡一陣一陣心跳
分不出是牠的還是自己的

{ 想死的愚人 }

愚人到外面的草叢張開手
小壁虎呆住片刻
一溜煙就跑走
只有心臟微微跳動的觸感
彷彿還留在掌心

4

花謝了
一顆果實冒出來
像汽球越吹越大

愚人敲敲外殼
掂掂重量
摸摸表皮的紋路

{ 想死的人愚

熟了吧?
他把果實取下
又大又重
要兩隻手才能抱回屋裡

果實才剛放上桌
扣扣扣
又來?

敲門聲響起
愚人打算直接把惡魔愚人轟出去
但門一打開
站在那裡的

卻是聰明愚人

{想死的愚人}

他來這裡幹麼?
愚人納悶
但見他面如死灰
趕緊請他到桌邊坐著

聰明愚人說
「我不想活了，怎麼辦？」
愚人慌了手腳
差點把手上的茶壺打翻

{想死的愚人

怎麼會是他來問我
他可是
什麼都知道
什麼都有答案
的聰明愚人哪

為什麼？

這三個字快到嘴邊
愚人又吞了回去
這一題我不是太熟悉了嗎
有無數種回答
又沒有一個是真正的回答
像風聲

{ 想死的愚人 }

「我去找心理諮商師
但他說的每一句話
我都比他早一步想到

他的引導很有啟發性
他的同在感很誠摯
幾乎像是真的
但我沒有什麼要訴說
因為我的每一個訴說
都先一步被我自己消解
最終坐在那裡
只是假裝我略有釋懷
也還抱持著適當的困惑
使他不至於太過尷尬

我去找催眠師
感覺如一場 RPG 遊戲
而我只是外面按按鈕的玩家
他的指令我都明白用意
甚至都很有效
但只對遊戲裡的主角產生作用
潛意識浮現的場景
都像別人的故事
故事中傳來的神諭
則像我考試時寫的作文

{想死的愚人

我去找算命師、占卜師
得到神準的預測
得到溫暖的提醒
我看見命運的軌跡
也認同自主的力量
甚至能感覺到星辰的能量包圍我
更高的存在關照我
沒多久又被空虛佔滿
身體光是存在就感到多餘
知曉命運我仍是這世界的異鄉人」

聰明愚人瞪大眼睛：

「你有認識好的邪教教主嗎
聽說很多聰明人
最後都加入了邪教
那裡面一定有什麼
讓他們覺得回到了家」

愚人強裝鎮定
把他學過的所有
智慧的話語
一股腦全說出來
（明明想死的是我啊到底）

最後補上一句
「但這些你都聽過了吧
我們還是先來吃點水果」

那顆純白又巨大的果實
一直突兀地擺在桌上
愚人拿了廚房最大把的刀
把果實剖成兩半
果肉是透明無色的
濕軟滑嫩

聰明愚人拿湯匙挖了一口
嚼了幾下,臉色變得凝重、充滿困惑
甚至一下慘白,一下紅潤,一下發青

{想死的愚人

這麼……難吃嗎?
愚人差點要吃
又放下了湯匙

「不難吃,只是很可怕……」

「太龐大了,
　讓人喘不過氣
　好像大腦的過濾器被拿掉
　一次嚐到所有味道」

{ 想死的人愚

「不舒服,但不是痛苦
反而像很多通道被打開
　只是還沒適應」

「我感覺自己
深深地被瞭解」

{ 想死的愚人

聰明愚人皺著眉頭
　好像絞盡腦汁
　要說出他嚐到什麼

「……像活著的味道。」

什麼？
愚人看著他
這不是「想死」的味道嗎？

愚人自己也吃了一口

{想死的愚人

明明就很難吃啊
可是——
還真的不是難吃
愚人大哭起來

這味道陌生又熟悉
陌生的部分讓他充滿好奇
熟悉的部分讓他非常懷念

{ 想死的愚人

愚人越吃哭得越慘
聰明愚人越吃越平靜
兩人索性各自捧著半顆果實
一匙一匙慢慢吃著
放棄去評價任何味道
只是細細感受舌頭的每個部位輪流綻放
品味養分流經身體各處的細胞
要把每一滴果肉汁液都吃進骨髓

像潛入深海
整個世界
只剩下血液流動的聲音
呼吸的聲音
振動的低頻

{ 想死的愚人

愚人第一次感覺
自己跟「想死」之間
親近到分不出你我
只是沉浸其中
沒有想，或不想

每種感受
都能向時間的縱軸
與空間的橫軸無限延伸
那不是迷幻
是扎根在身體的經驗

{ 想死的愚人

原來完全成熟的「想死」
是這種味道。

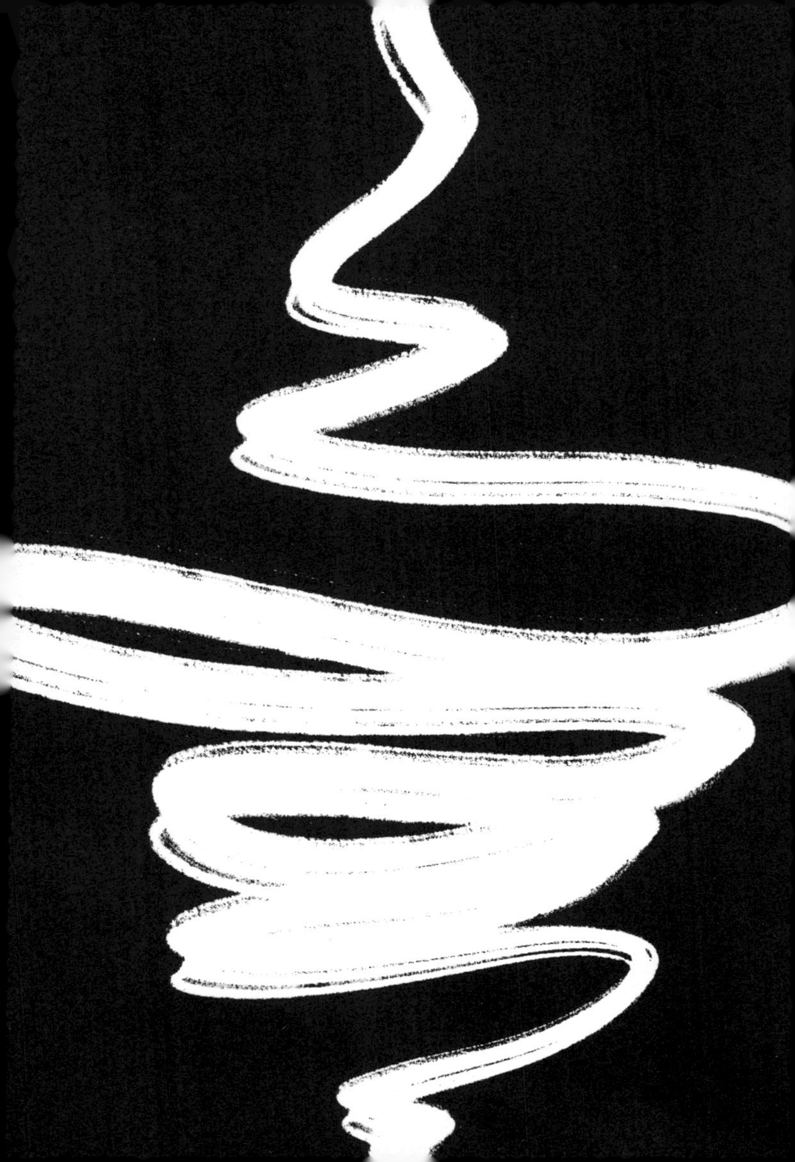

愚人散歩

小木屋裡
漂浮著淡淡的七彩光暈
那是盤坐角落的佛
琉璃光從他身上靜靜溢出
滲入空氣中

窗邊表情冷淡、
眼神低垂的菩薩
好像在眺望
很遠的地方
窗外下著雪

仙人躺在沙發上打盹
一腳高掛在椅背
喃喃說著夢話
一隻蛾飛來
停駐胸口
隨即墜入他的夢中
想必那裡
對一隻趨光生物來說
最像火

牠顯然沒注意到
廚房裡焰光四射
頸上纏著眼鏡蛇的健美男子
睜大眉心的第三眼
放射出湮滅宇宙的烈火烤肉
（會焦吧？）

屋裡溫暖、安靜
坐在大桌的愚人泡著茶
把茶倒進陶杯
用逐漸發燙的杯身
暖暖手

{ 愚人散步

太燙口了
他把熱茶放在桌上
站起來,跟大家說

我去散個步。

大家不動聲色
眼神投來的
都是微小
而慎重的祝福
連仙人也恍兮惚兮,
撐開一隻眼睛懶懶目送他出門

愚人散步

只有那個身穿粗布白袍的
帥氣長髮大叔
(一頭波浪捲閃閃動人)
大驚小怪,還滿眼淚水
給他一個火辣辣的擁抱

隨著愚人的步伐前進
小屋的光線漸漸縮成一個光點
直到周遭只剩下黑暗
直到我從哪裡來
要往哪裡去
都一點一點脫落、糊化
意識在寒風中飛散
也沒注意到腳下發出喀哧喀哧的聲響
冰層太薄了

{ 愚人散步 }

愚人掉進湖裡
湖水將他溶解
寒冷將他縮小
黑暗將他掩藏
愚人越剩越少
只剩下一個細胞的大小
一個細胞
沒有感知時間的功能

不知過了幾千年
感覺有光線滲入眼睛
愚人在水裡游動
以魚的意識
那條魚,沒有目的
順著水流
把身體越游越長

{ 愚人散步

又不知游了幾千年
接觸到陸地
就在泥土上蜿蜒蠕動身體
他不看
而是用舌頭收集氣味
用皮膚感知能量
朝能量最強烈的方向移動

他穿越濕軟的泥地
穿越森林
穿越困頓與顫抖
鑽進女人身體的黑暗裡
就留在那裡

啊,原來是夢
愚人回過神來
本能地低頭一閃
一把刀從他頭頂劃過

{ 愚人散步

是那種被親近的好友出賣
對方一路飛黃騰達
而自己家毀人亡的劇情
從此他的人生只為復仇而活

這是最接近的一次了
愚人殺紅了眼
一刀一個
擋在眼前的護衛一一倒下

終於來到那人面前
愚人的大刀猛然揮下
把椅子都劈成兩半
但他只是輕輕閃過
愚人再揮、再砍、再刺
都被輕輕擋開或閃過
終於逮到一個機會
刀子幾乎貼上他的脖子
仍然被他舉劍架住
愚人用盡全力
要把刀再推進一點
但那人紋風不動
似乎也不怎麼費力

{愚人散步}

這狡猾而無恥的傢伙
雙眼直視著愚人
表情寧靜,幾乎
像是充滿智慧

他以威嚴的聲音說道:
憤怒會讓你無法戰勝我
但沒有憤怒你就不想復仇了
你會選哪一個呢?
愚人被吸入他眼睛的漩渦中

啊,原來是夢
愚人身上散發著淡淡光芒
皮膚半透明
身體很輕盈
內心很滿足
每個人都是如此
像空氣中的水母
舒緩而平和地
在這星球上移動

這裡空氣清新
芳草鮮美
似乎沒有任何可稱之為
煩惱,或痛苦的東西
身體不會衰老
處處都是美景
時刻都是輕安與至樂
不必特別追求什麼
因為需要什麼
此刻都已俱足

甚至,連無聊都沒有。

一切都是那麼溫柔
只有一棟特殊的小房子
人們稱為「生命之輪」
你走進去
身體就會被碾成碎末
變成星球的養分
就連碾碎的方式都是溫柔的

{ 愚人散步

雖然不多，但門口總是有人在排隊
我們不確定
是誰，又是為了什麼蓋起這棟房子
也不知道排隊的人為何而來
這樣活著數百年後
愚人也走進了那個隊伍

啊，原來是夢
愚人半身泡在水裡
半身趴在岩石上
渾身是傷
不遠處是一道轟轟巨響的瀑布
吵得讓他聽不見
自己思考的聲音
極其微弱的月光下
看見手腕上綁著一條繩子
繩結的另一端
有另一個繩圈

愚人稍微想起來了
為什麼在這裡
但為什麼還活著？
繩子的另一端
是空的
那個人走了嗎？
那個人死了嗎？

愚人還記得那種
彷彿跟外界失去連結
彼此只剩下對方可以依靠
　的極端情境下
　激發的極端情感
他的心臟還稍微感覺得到
　當時留下的勒痕
　　每跳動一次
就讓人恍惚劇痛迷醉

{愚人散步

但已經記不清楚
是生活的困境
還是戲劇性的激情
使他們來到這裡
究竟是兩個人為了在一起不得不死
還是兩個原本就想死的人
只因找到了可以一起赴死的人而狂喜?

最可怕的是
怎麼也想不起來那個人的臉

這讓他一直想吐。

{ 愚人散步 }

充滿了不合理
這麼不合理
啊,這也是夢吧
如果不是夢
就很難說服自己
值得活下去

但是吐了許多次
他都沒有醒來
還是在黑暗的山林中
那種胃裡被鑽咬被撕扯的感覺腐蝕著他
他刻意在樹林間橫衝直撞
讓樹枝鞭打讓石塊絆倒
想把那奇怪的感覺甩掉

所有其他的夢
都在這時湧上來
如果這不是夢
其他的也不是嗎？

漫長的折磨
逐漸化成一種悲傷
這悲傷像條小河
從他的心流到身體的每一末稍

遠遠地
隱隱約約看到一個
小小的光點
他拖著身體朝光走去

那是一棟小屋
光線溫暖
當然,我們馬上就知道
是**那個**小屋
但愚人是一步、一步知道的

他來到一扇門前
門縫溢出淡淡的虹光
打開門,愚人的眼睛
花了一點時間才適應亮度
他看到一隻蛾在空間裡飛舞
不知牠剛剛作了什麼夢?

屋裡的大家如常閒聊、發呆
沒有特別招呼他
廚房裡的男子用他的三叉戟
插著一大塊烤好的五花肉走出
說你剛好趕上

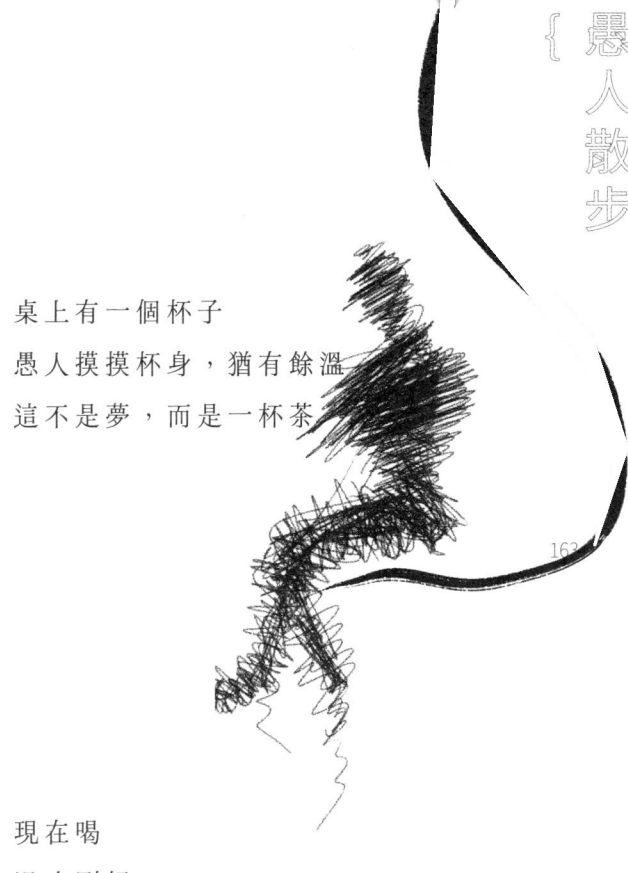

{ 愚人散步 }

桌上有一個杯子
愚人摸摸杯身,猶有餘溫
這不是夢,而是一杯茶

現在喝
溫度剛好。

後記

愚人的活著

那是一場通靈人帶領的冥想,帶領者,據說是主耶穌。耶穌原本只是一個名字,加上「主」,就與我有了聯繫,有了親密。

後記：愚人的活著

隨著冥想引導，我看到那扇門，帶領者説，門裡是我內在的神。開了門，我們非常普通地一起待在那個空間，好像我們沒有任何距離，甚至沒有任何差異。這是〈愚人散步〉的起點。

後來的部分當然是我加上去的，重點是，我知道任何時候，無論如何困頓，即使光是呼吸就感到疲憊，只要我願意，就能回到那個空間，浸泡在那裡的氣氛，感受無限的支持。而我能夠這樣做是因為，我從來沒有離開過。沒有人離開過。這帶給我莫大的安慰。這個畫面我要當成一泓泉水一樣，需要的時候就去飲用。

當某個東西是無限的時候，就像空氣一樣，根本不會意識到它的存在。

穿越人生的各種路徑、各種經驗,去意識到,並體會到這個空氣的存在,是生命的成熟。

.

〈愚人的花園〉最初只是要寫一篇象徵性的小故事,拿來當《愚人之歌》的後記,沒想到愚人長出了自己的生命,篇幅與結構都不只是一本書的附加文字了。

愚人的出現,帶給我極大的的自由,好像可以承載我在世上觀察到的所有事。畢竟人類的愚行如煙火,每天都在盛大地上演,繁花燦爛,我既是其中的一員,也對這樣的奇觀著迷不已。

後記：愚人的活著

愚人的愚，有時就是字面上的愚，有時剛好相反，有時兩者皆非。明白地說，愚人既不讚頌愚蠢，也不摒棄聰明，只是要鬆動任何固著的東西。他只是空空如也，隨波逐流。我想像他是橫向卷軸遊戲的主角，可以一次又一次，重新踏上旅程。他可以是任何形象，可以放大、縮小、變形，他可以是洞悉萬物的智者，也可以是鬧劇裡的丑角，可以滿滿的自我，在無明中執著於一切，深陷於命運的泥淖，也可以完全沒有自己的本質，只是面鏡子，一顆承載眾人慾望的泡泡。

事物沒有本質，事物的意義只在人心中，隨時在改變。愚人也是這樣，他隨時可以領悟，然後斷然成為另一個人。這不是愚人的特權，理想上，任何人都可以這樣做。

・

〈花園〉寫完後,我希望能有更多的愚人故事,並集結成一本愚人故事集。後來筆記上寫了許多題目跟題材,〈想死的愚人〉是最早有了雛形的一篇。

這一篇是從「『想死』,／就像戀愛的心情一般／踮著腳尖到來了」開始的,寫下這三行,怦然心動,才感覺到,啊,這可以寫下去,而且可以完成。在這系列類似卡通的風格中,適合寫這件事嗎?確實有稍微猶豫一下。但是倒不如說,正是這種體裁,才讓我想到要寫這件事吧。這種怎麼說都不對的題目,最適合寫成一齣荒謬喜劇。

人有各式各樣具體的理由想死,這個故事中的想死,比較偏向,即使說不出任何具體的理由,甚至熟知所

後記：愚人的活著

有不必想死的理由，想死還是不由分說地找上門來。我想這種「沒有理由」本身其實先一步涵納了所有理由。相信對很多人來說，這並不陌生，畢竟人類是光是意識到身體存在就會感到不自然的生物。

說到想死，想到我的一位擴療老師在臉書上寫了一句話，她說「我天下第一喜歡人間的！」雖然世上肯定不是只有一個人這麼熱愛活著，但我好像第一次真的聽到有人這麼直率講出來，真是金光閃閃瑞氣千條。

．

最近在看一部動畫《海盜戰記》，出乎意料的深沉肅穆而美麗。那是人命如灰塵的荒原世界，彌漫著死味，卻會讓人看得心裡猛然湧起生命的脈動。

柔弱的、只會禱告而毫無作為的廢物王子問厭世酒鬼神父：「所以愛的本質，是死亡嗎？」這裡的脈絡是，神父認為死亡是真正無私的奉獻，最接近無條件的愛，而世間的愛無論如何強烈，只是「差別待遇」，只是「偏愛」。這一段表面上宣稱基督精神，卻是十足的道家風采，道虧愛成。王子最終有了自己的領悟，他展現出前所未有的冷酷神情，說：「原來如此，我明白了，這種感覺好像，迷霧消散一樣。」他領悟的那種愛，像太陽，像白雪，像空氣。我羨慕也理解那樣的消散，那樣的冷，像冰的火焰，這是愛與死迸出火花的瞬間。人是可以一瞬間蛻變的。

.

雖然聽起來是兩個極端，但想死的人，說不定比其他人更愛這世界一點。想死，是那麼深切又那麼積極，

後記：愚人的活著

需要一種愛的動力才能啟動。這是我從自己身上觀察到的，也是從別人身上觀察到的。

將完全成熟的「想死」，當成米其林美食那樣細細品嚐的時候，流淌到舌尖上的，是否會有豐富的滋味超乎想像？那滋味是否就是活著？這是我的疑問，確切來說，這是我的期待。

·

寫作〈想死〉的時候，並沒想過要讓它跟〈花園〉有任何主題上的聯繫，是確定要集結成書時我才想起來，它們本來就有關係。〈花園〉最初在構思時我自訂了一個規則，這個規則可能是從《南方四賤客》來的，那就是阿尼每集會以莫名奇妙的方式掛掉。

〈花園〉三個小故事裡的愚人,在某種意義上都遭遇了死,但那也可能是他的重生。

在時間與空間上,視角拉得極遠的時候,遠及宇宙,遠及一生,甚至是,橫跨了許多世的時候,每一世都只是更巨大的圖像上,一個小小的關卡。每當感到侷限時,我就想想這幅圖像,這種渺小帶給我自由。

.

完成這些作品的期間,我經常想起赫曼赫塞《玻璃珠遊戲》和書末附錄的幾個故事。實際上我不記得故事內容,但記得閱讀這些角色的一生時,所受到的洗滌。

謝謝一路上的諸位老師、嚮導,太多了,不能細數,如陽光、白雪、空氣,讓這棵樹上又結了一顆果子。

後記：愚人的活著

謝謝編輯霈群的繪圖、規劃與死線，若非如此，這本書要很久很久以後才會誕生。

謝謝藥師佛、觀世音菩薩、莊子、濕婆與主耶穌的陪伴與演出，下次再一起玩。

.

你駕車兜風，聽著
廣播，然後將死亡棄之一旁，揚長
而去，將死亡留給警察
　　去發現。

——理查德・布勞提根
【死是一輛永遠停泊的美麗的車】

ZHU003
想死的愚人

作　　　　者	孫得欽
導　讀　序	馬千惠

插　　　　圖	李霈群
裝　幀　排　版	李霈群

總　編　輯	李霈群
出　　　　版	註異文庫
發　　　　行	註異文化出版社
地　　　　址	105 台北市八德路三段 12 巷 66 弄 22 號
電　　　　話	(02) 2578-8886
電　子　郵　件	anomaly.press.tw@gmail.com

經　　　　銷	紅螞蟻圖書有限公司
地　　　　址	台北市內湖區舊宗路 2 段 121 巷 19 號
電　　　　話	(02)2795-3656

印　　　　刷	東豪印刷事業有限公司
電　　　　話	(02)8954-1275

版　　　　次	初版一刷
出　版　日　期	2025 年 2 月
I　S　B　N	978-626-98352-2-5
定　　　　價	380 元

》版權所有，翻印必究。
》本書如有缺損裝訂錯誤，請寄回更換

Anomaly Press
用 閱 讀 , 伴 異 常 者 同 行

國家圖書館出版品預行編目 (CIP) 資料

想死的愚人 / 孫得欽作 . -- 初版 . -- 臺北市 : 註異文庫出版 : 註異文化出版社發行, 2025.02　面；　公分 . -- (Zhu；3)
ISBN 978-626-98352-2-5(平裝)

863.51　　　　113019701

ISBN 978-626-98352-2-5 定價380元

註異文化出版社　　華文創作、現代詩